美しい小弓を持って

藤井貞和

思潮社

装幀　中島浩

目次

＊（野の遊びうた）

美しい小弓を持って　10
野遊び　16
口寄せ　18
葉裏のキーボード　20
鳥虫（ちょうちゅう）戯歌から　22
うたあわせ——詩とは何か　28
ひとのきえさり　34
spirited away（神隠す）——回文詩1　40
翡翠輝石——回文詩2　42
詞（ツー）　44

＊（冷却の音）

冷暗室——清水昶さん追悼　48
針の精子——「白鯨」　54
となか——黙示録　60
のたうつ白馬——回文詩3　70
冷却の音——回文詩4　72
この国家よ——回文詩5　74
戦後の歴史　78
倭人伝は草へ帰る——日本史　84
オルタナティヴ　86
アメリカ　90

＊（この世への施肥）

透明な　おめん　98
ひとりして　102
紫の群生　106
揺籃　108
閉館　110
この世への施肥　112
撒水（さんすい）象　114
転轍——希望の終電　116
悲し（律詩）　120
メモへメモから——友人たちへ　122
謝辞　126

＊

（野の遊びうた）

美しい小弓を持って

「即ち、美しい小弓を持って歌占を、
解きながら旅行した者」と柳田國男が言うのは、
『女性と民間伝承』のなかでのことで、私の昔の、
同級生の「おみくじ」といったら、ひどかった。
「A　絵だ、B　美だ、C　詩だ、D　泥だ、
さあどれよ、引いてみな」って、
引いても引いても　D　泥だった。

天井から散華（さんげ）と見られる泥が一面に降下する、

世はそこから文明に移行するって話しをしていたら、
時代が解散する。　泥足をおもたく引きずり、
私の小動物はふたたび鎖へ帰る。　きみと私とが、
A　絵と、B　美と、C　詩とをそれぞれ引きあてて、
いつかは蒼くひとつふたつ光る「真」を、
ともに弾くこと。　思いはつづき、
遠い小声を引き寄せる美しい梓の弓。

弦を叩いてかがみのおくにかげの見える人、
歌人の言う、あなたはけさ行かないほうがよい。
かげを認めると、烏（からす）が鳴いているこれはあぶない、
子どもが二、三人、けさは隠されるじつにあぶない。
聞こえる小声は「将棋倒しを見よ」「将棋倒しを見よ」、
これを歌い、天狗のうたかもしれない、

と『平家公達草紙』にある。　手を叩いた子どもが、
消されるかもしれない、あぶないぞ。

はやり歌、「将棋倒しを見よ」が、
はやり病のように、その年の、
秋知る季節に世に満ちる、ああそんなにあぶないのか。
私の歌占の同級生がいま出てきて救ってくれるのでなければ。
世が代わるためのうたと、髪の落ちる音、
扇などのしわざでかんたんに落ちる、あなたの白髪。

迎え火があなたを手招きする、あぶないな。
出入りしないはずのドアが、たったいま魔物を通した。
神籤（しんせん）はいつも「不吉」、ＤＤＤ……
おざさの音がこすれる、黒い筒からとりだされる歌占の紙一枚、

神ひとり、髪一本、分からなくなった。

閼伽棚の器から柄杓（ひしゃく）で取って飲ませてくれ、
友人の母の占いに出る、私。　夜に、
亡霊がきてそれを舐めるのだ、それは私。
送り火となる町すじより、私を追い出すつもり？
まちの家々をめぐっては、灯明を暗くする時間。
友人がたしかに心霊写真だと言い張るときに、私が写る。

そめいろのやま　そめいろのやま　そめいろのやま、
そめいろのやま、黄に青に染めいろのやま。
北に黄に、南に青に染めいろのやま。
晴明歌占に出ている判じのうらがわが分からない。
みくじの読めないうらがわに置く　あぶない、

種子を焼く　境内に足音が満ちる　だれもいず、
蘇命路、そめいろと出るなら、世は助かるはず。

歌占に出る、この年の秋の不吉を引いている破魔矢。
地はやぶり、地はやぶり涌出する地下の、
しらきをつたう飲料水、湧く上の句が濡れるなら、
湧く下の句を菊の黄や青にして、もっと濡らす。
あなたは助かる見込み、祈禱のちからくらべ、
夜の結婚式の若い巫（みこ）の初めての杯ごと、奥深く。

弓のからだに触れる、去っていった旅人の休憩室。
歌人がいくたりか、ここを去る星霜ののち、
1ミリグラムのうたが流れる、どんどんちいさくなるうたの、
いのちのかがやきの染めいろ。　1ミリグラムの泥のなかから、

出入りする　待って。

野遊び

歌うひとのメモから、
かたちが消える日は近いか。
かたちのあとから、
草原のおとはのこるか。
新しいおとには輪郭があるか。
泥炭のうえを風はこするか。

田がひらひらすると降りてくる、
早乙女の手と足とちいさな穂さき。

「新しい穂に恵まれるように」と、
ぼんてんに点る火と、どんど焼き。
ふくらむ実りが清浄でありますように、
赤ちゃんの飲む水のように、
あなたの田が清浄でありますように。

田遊びの予祝を終えて帰るひとが、
寄泊する遠い旅程から、
よこしたこの世への返メールに、
風のおとしかはいっていなかったと、
あなたは知らない。

口寄せ

駅　／　ビルの柱に凭れて、口寄せをしていたらば、と　ぼくは書いた。
いなく　／　なってからのぼくは、荻の花咲く飲みのこしの水が、
真っ青な顔　／　を映す大理石のまえで、ちいさな声になる。　聞こえる？
赤ちゃんの飲む　／　水のように啜る泣き声。　「さよなら」はきみに、
似合わない。　ＪＲ　／　の駅で口寄せをしていたらば（と書いた）、
真っ青な顔が並ぶメモの　／　なかから声がする、聞こえる？
天空の窓からおりてきたこど　／　もたちは皆、何も告げずに止まり木の、
そこここで散光を浴びながらキー　／　ボードに向かう。　鳥のすがただ、
５あるいは７。　または自由詩。　メ　／　モリーを最大にすれば、聞こえる？

姉は落ち着いたらば、もういちど来たいと　／　言う。　そこいらへんは、
短歌の疵あとだ。　死んだ家畜たちがぜんぶ集　／　まってきて笑う。
カミサマは揚羽蝶のすがたして舞うてはる。　のぼ　／　ってゆかはる。

葉裏のキーボード

葉裏のキーボードを、
かぜがさわります。
なんだか通信したそうにして、
メールがやってくる。
葉裏のパソコンが、
かたかたと打っている、それが、
ここから見える。
切実なメールが、
交わされている。「基地」を、

「墓地」と打ち間違えている。
返信したそうに、
しばらく鳴って、
動かなくなる、あなたはだれ。

鳥虫（ちょうちゅう）戯歌から

そっと、かげを映す能舞台に、
古典短歌を置くひと。
ははは、と笑う、
また鳴いている。　編集後記に、
鈴虫の声を置くひと。
遂げることばと、
「何ができるか」の韻律。
謡うキーボードを、
笛柱に掛けて、

鳥の砂嘴で、
打つ葉のうら。
あ、と打てば、
「は」の鳴りを、
は、と鳴らせば、
「あ」の、
返信。　ははあ、窓から、
そらの交信を聴くのは愉しいな。
ワキのことばと、
シテの脚韻と、
みどりの造り物。
なかから取り出される、
まれに見る美しい、
懸け詞、

縁語。　行分けのくさりれんがの、
百韻を、
修行者が、
ほら、5・7……と、
遂げてゆく、
形見分けの慈悲（ミゼリコルヂヤ）にゆだねて。
群がり咲く、
臨死の花で、
たわむれる子役は消える、
「なぜ」を、
擲つ問い。
こたえる詩のひと、あなたに、
両義性は、
ふさわしくないよ。

詩のことばは、
天上から、
ひとすじの、
責身縄（ヂシピリナ）によって、
再生するだろう輪郭。
というように見える、
鼠穴の、
豊穣な実りのための、
ページを焦がすあかり。
あ、うしろ戸にかげは倚る、
書かれた物語。
あおぞらの、
電子辞書に文庫をひらくと、
あした書かれる、

小説を読む。
「うしないし」と言う、
短歌ではない、
自由詩ではない、
自由を、
動画に託して。

うたあわせ——詩とは何か

一番　左

アトム大使。
回し読みする　少年のわれら、
御用学者になる
六十年

右

詩はどうして書けなくなるのだろうか。
われらのうたに詩はあるのだろうか。
うたならばいつでも、どこにでもやって来るのにね。

うたは後ろ姿のおばあさん。

二番　左

われら　御用学者となって、
夢を継ぐ。
少年の日の汚名よ、
消さぬ

右

うたは摑まえられると、ぴょいぴょいして、
５７５７７になる。
やって来る日には、おおぞらいっぱいに、
ひろがってかけぶとんになる。

三番　左（勝）

電化こそ戦後の証し。
夢灯る、
稲沢駅の電気機関車

右

うたが走ってる、のぎ（＝禾）を垂らして、
りゅうせんけいのかたちを持っている。
薄明になっても、真のやみがせまっても、
リズムになって聞こえる　やさしいな。

四番　左（勝）

夢の原子力産業の平和、
いつわりを生きて、
ここまでやってきた

右

うたはうそをつかない。全身で迎える。
ほんとうの平和の周囲を、
遠巻きに、ぐるぐる巻いて、
われらの戦後をぐっと未来のほうへ押し出す。

五番　左（持）

するはずがない！　だましたり、
うそをついたりするはずが。
（ラララ）科学の子

右

いまというときを元気にする素。
葉陰にキーボードが捨てられて、
だれも叩かなくなって、それでもうたは、
ひとりで自分を叩いている。

六番

ほんとうはおばあさんも、
かけぶとんもやさしいリズムも、
未来志向もキーボードも、
ほんのひととき、詩だったのかもしれない。
隠れてそれでも、うたいたいのかも。

ひとのきえさり

まがつびのあさ
こうしてほろぶ
ことのはじまり
おごりのためし
ひにもえさかり
のたうつからす
さけぶにわとり
なめくじらはえ

禍つ火の朝
斯うして滅ぶ
言の始まり
傲りのためし
火に燃えさかり
輾転つ烏
叫ぶ鶏
蛞蝓ら這え

なめてはいずり
ひやせつめたく
まわれつちのこ
へどろのみずを
うけてのみほせ
いきものすべて

りくのしょうめつ
うみのさくれつ
ひとのきえさり
ひらめくうたの
ひつぎはねむる
むかえびたらし
つぶやくものら

舐めて這いずり
冷やせ冷たく
回れ土の子
ヘドロの水を
受けて飲み干せ
生き物総て

陸の消滅
海の炸裂
人の消え去り
閃く歌の
柩は睡る
迎え火垂らし
呟く霊（もの）ら

まぼろしにふく
ひのかまいたち
あさのたつまき
こえたちのぼり
あしゅらのことば
もんじゅはかたる
かなしみどきょう

みずにちりぼう
むらさきのたば
ゆめじにひらく
すえつむはなか
だきしめよひの

幻に吹く
火の鎌鼬
朝の竜巻
声立ち昇り
阿修羅の詞
文殊は語る
哀しみ読経

水に散りぼう
紫の束
夢路にひらく
末摘花か
抱き締めよ火の

ろしんてづかみ　　炉芯手摑み
おさながみたち　　幼神たち

しらなみとおく　　白浪遠く
きしべにみえて　　岸辺に見えて
いのちぞたから　　命ぞ宝
ひすいのまくら　　翡翠の枕
ねむるふかさを　　眠る深さを
かみのびしょうで　　神の微笑で
ものらおきだす　　霊（もの）ら起き出す

あそぶこどもの　　遊ぶ子供の
ひのすべりだい　　火の辷り台
もえるかぞくの　　燃える家族の

なおもくすぶる
つめたきほのお
いのるまどごし
ふしちょうのごと

なおも燻る
冷たき焔
祈る窓越し
不死鳥のごと

spirited　away（神隠す）——回文詩1

むなしく、
ここに来ず、
いたましく　神か、
かつ、この
新月、雲に舞い、
楚国（そこく）よ、
つと、ふるさとに、
かず知れぬ、
からき汨羅（べきら）か、

濡れ、しずかにと去る、
ふと、つよくこそ、
いまにも屈原（くつげん）、
詩の国家、
神隠し　また、
いずこに
故国死なむ。

（『楚辞』を利用する。）

翡翠輝石――回文詩2

アジアの燃えるゴースト、鉈かざし、喉ぬらし、
危機の奇蹟、椅子引けよ。また、
血が浦添（うらそえ）によって、空の燃えるゴースト。
鉈によ、「かれが」なのか、
光、慈悲、波紋、うろくず（＝鱗）か、
業苦か、いのち聴くか、
＊＊知事、自治がなお、
核基地の威嚇うごかず。
黒雲母は聖（ひじり）か、

悲歌の流れか、世にタナトス驕る。
獲物ら、蘇鉄よ　煮え、空穿ち、弾よけ、
翡翠輝石の、聞き知らぬ、どの視座か、
タナトス驕る獲物、アジア。

（＊＊に知事の名をいれてください。）

詞（ツー）

みどり葉をまどさきに、にわのおもてに、
日のあしに、あめあとのみずたまりに、
きみのひとみに、さしかけよう、
葉裏をつくろう。　葉ごとに、芯ごとに、
むしのいきに、あおいきに、
といきになって、きみを守ろう。
かなかなに、つばさのあるいのししに、
かわなみに、なつぐもに、はしひめに、
這う虫眠る、たたみに、はじとみに、

孔雀のはねをひろげて。　蛻（もぬ）けに、
はかなく、つばさをもがれて、木のもとに、
脱ぎ捨てられたことばのあかしに、
葉裏よ、霊獣の雨をしたたらせ、
離人症のきみが、独り身をあいし、
ぼくをけっして愛してくれないと告げる。
それでも天敵に、うたをわすれない、
陽気にね、あいするということ

（詞は宋代の詩。）

＊

（冷却の音）

冷暗室——清水昶さん追悼

事実に向かって過酷な出発を繰り返す、とあなたは言う。　石原吉郎氏のことをだ。　いま、ことばの半分を喪うこの国から、あなたは、そして大野新さんもまた、石原さんに会うために旅立つ。　あなたが最初にうちふるえたのは「ていねいに生きよ」という氏の講演だったという。　日常生活をていねいに生きよ。　いま、戦争の日のかなた、石原さんが、異様な悲しみで満たされた自由な原点を、のこったことばの半分で求める。

ゆくはさびし　山河も虹もひといろに

でもまもなく、どんなことばも喪い出す時間にはいろうとする。　苦悩への勇気、とあなたは言う。　でも、もう、われらはことばを喪いはじめたのだから。　ほんとうのことはどこかにある、垂れ流している汚染水のなかにでなく、上流でわずかに汲む一滴かもしれなくても。

　思想の詩終わる六月　きみがゆく

あなたの立っていたところに、冷暗な空間をつくるから、ねむらずに、そこにうつり住むから、きょうから、学校のともだちをたいせつにするから、虹といっしょに、去るふるさとの異郷に、のこしてゆく土は、もうきれいだから。　子供たち、自由に遊んでよい、汚染されてない、自由な盛り土だから。

　水売りの声も届かぬ　幽境へ

新しい住所を教えてよ、むこうがわの識らないそらもまた、澄んできれいだから。　ひろがっているそらでは、失語も、沈黙も、すべてがゆるされるのだから。 魂のプレイグラウンド。 そこに住むと、あなたが言うなら、めがしらに浮かぶ、山河は破れても、ひとりで向きあうから。 ほんとうにきれいなんだから。

五七五終わる わたしの初夏に

いまをあざ笑う神々とその使わしめとによって、われらがことばを喪う、そのときにはどうしよう。 ちいさな丸を書きましょう。 負けないで、これが自然水準原点ノート。丸を書けないときには、ひとすじの線を書こう。 詩の草をひとすじ。 堅い石に割ってはいるための。 村のありし、街のありしあたり。

幽明のさかい越えゆく 涼しきや

冷暗の奥へと、しりぞく線。 線をひとすじ、この先にあなたはいますか。 そこはどこ、答えなさい、線よ。　産み月を、かぞえていた指が、あなたとともに奪われました。　最愛の、ことばがもどりません。　やせた火のからだ、でもそこに火はありません。　眠りは至る、真の世界。　気体が一つ、行（ぎょう）に沈む結界。

炎天に苦しむこともなくなろう

ただひたすらの結界です。　草原に、非という線を移せば（＝非という文字のことです）、真行草を書き分けましょう、野のかげのねずみたち、野の舟に、なつかしいかな、ふところに、野ねずみも、二十万匹の水族も、この耐えて棲まわせる、夜の底のふところ深く沈む。　半ズボンで、君は、雪すらあたたかい、詩集少年を一冊、靴にのこして、かげが成長する水の子となって。

衰うることなき　燃ゆる五七五

あやまちが神に対して問う、人間はいますか、まだそのへんにのこっていますか。わたしは逃げないと、あやまちが言う。この月を越えてしまうなら、あやまちはわが思いのあとを消し、あなたを去らせ、識らない谷へと向かう、そして還らず。憂き、それが友だちの声なのです。聞こえる、聞こえない、絶対の寒さの鋼鉄がふるえる、このふるえの若草があなたです。わかみずはしたたる、葉の先から。最愛のひとが草の葉かげできらりとひかる、ほたるかもしれません。

壊滅を見届けて　清水昶ゆく

（清水昶〈しみず・あきら〉、二〇一一年五月三十日死去）

針の精子――「白鯨」

まぼろしの党員は
首都の地下室で花を噛んで眠っている（清水昶）

若い母ひとり
その他は針の精子
（と昶さんが言う）
灰白色から火の野のいろに変わる
あけがたの裂け目の日付変更線
巨きな夢に託した
野の舟のゆくえ　「暗視」とあなたは言う

疾走する時代
終りを見るまぼろしの党員
行動派は去る　「救民」の旗
大塩さんがおしよせる大阪の同志社大学
たてかんをわいろで腐った政商が攻囲する
というようなこと

四十年という轟音
父の亡霊
山からのあいさつはあるか
亡霊に物語は回復するか
こどもたちのこどもたちのこどもたち
山の大きなプラカードによって
投げ出されるこどもたちのこどもたち

どこかにあるはずで
地図にはない県庁所在地
生殖可能な
さいごの男女を神の県外に避難させること
革命の卵子が
寝殿で産むこどもたちのために
無事でありますように

若い母がひとりで産む
都会の兵士たち
沙漠の戦争圏内へ
発券するパスポート
二〇一一年の空漠を彩ることだろう
見て去った祖さん

革命党は火の野のいろから
灰白色の裂け目へ
日付を変更する

あけがたの子を産む
巨きな夢は終る
野の舟が東海岸でただよう
「暗視」のなかを疾走する終り
まぼろしの火力がおしよせる東京の同志社大学
敷石のしたから「男のように生える」
行動の塔はかれらの
無数の墓標であったと論客が笑う
昶さん聞いてる？　涙の笑い声を

「救民」の旗をわいろで飾る
腐った政商を攻囲する
というようなこと
亡い父がのこした針の精子を
雪と氷の銀行からおろして
どこにもない県庁所在地の
新婚の家で生殖せよ　さいごの男女
神の県外への避難
寝殿で産むこどもたちのために
無事でありますように

となか――黙示録

ことしの紅葉はさびしかったよ。　地上では、
うたったさ、そりゃがんばったよ。　土偶も、空の神も、
みんなで、哲学の徒であろうとしたさ。　しかし、
海つ路を行く妄念の、そこにうずくまる若者。

　海の炉芯をだきしめよ
　幼い神々

こえを涸らしてうたったさ。　すべての比喩をやめる。

表情のない喪志の善に、難解であることが詩らしい詩。
そのようにして無為を叩くキーボードのうえで終る、
または始まる。　いくり（＝海石）に立つにんぎょひめ、母。
叙事詩のたいせつな遺伝子情報を載せて、
針の精子は毙れ、胎内で聴く母語のはて、やさしいな——

　海つ路にきみが波をさらう
　潮合いの迎え火

現実ならば醒めないで。　遠い原野と至近の原野と、
ふたつの過酷さのあいだできみは生まれる、
ぼくときみとのあいだのように。　あなたとわたしとの、
あいだのように迎え火を振る。

震央の水が凜として向く
　ついへ（＝潰）える三月

どうあるべきかを問う子供の思想、胎内で聴いた鈴音。
波の音を二つに分ける、背中のたてがみのように。
海底のひがし市場とにし市場とをわける、霧雨のなかで、
どうあるべきか、〈子供の科学〉に希望はあるか。

　たいまつをかざして
　国つ罪が沸きあがる四海

昭和二十年十月のぼく、
きょうのあなた、わたしたち、おいら。　海の炉芯に、
祈る　祈るな。　歳月をして、

語らしめよ、日本語の背理。　歴史の構想力。
抽象による数学的自然。　だれもいなくなったあとの、
ゆうづくよ（＝夕月夜）とかたち。　落涙型の土偶のあしどりに、
かげがない、いなくなるかげ。

草原に遠い乳牛
かげが斃れて

浜通りよ、空の神が降りてくる、降りてくるのは乳のあめうし。
浜づたいに啼いている、きみはあめの牛、
病む子を曳いてどこへ去る、母うしのあしおと。

炉の芯を這いずり
水源がなめ尽くすまで

なめくじら　息の緒の銀線をなすりつけて徊いよるところ、
かたつむりら舞う国の罪人のために、
涸れる海底の井戸。　類的実存を一千ページ余のかなたへ、
学習するカードには書き記してあったと言おう、
いまはない、哲学者　きみが去る。

校舎にありし神々
浜通りを去る

叙事詩の主人公たち。　言えなくなった、意志・苦痛、意志・苦痛。
「うつく・しい」と、さかさに言おうとしただけなのに、
虫のことばになりました、消える人称的世界！

負けないで　ZARD　海底の
　卒業式ができなくっても

風のチョウチョがひらひらとただよい去ってゆきます。
それだけ、
ただそれだけなのに、きょうはね、

　波間からとりだせなくて　風だけが
　はいっていました　USBメモリー
風の音を送ります。　遠雷に載せて、
　壊れたぼくの　Eメールで
　送るよ　走り火の海の底から

訪ねてきて　どこ、辺りの「どこ」、

眠らずに来てね　海底　虹が住む
住所不明のゆうびん番号

どこへ行けばよいのか分からない、山彦よ、
玉つ媛、葛（くず）のしげりに、無色のちりに。

まがつ神　おまえの建て屋に
祈る　ゆき向かえいま

紘を切れ　弁財天女
おしら神　かいこをつぶせ

哀吾、哀吾よ、きみの名は「哀吾」。
あきにもなれば、晩秋のあらしになれば、
紅葉にかわって、終るらんぎくが栄えることでしょう、
叙事詩のなかに、一人また一人　名まえは浮上する。
終りの始まり、

うたへ講義がさしかかる
まがつ火ノート

こころに波をうち据えるうた
海やまのあいだにうたう

来週は休講ですよ。　原爆の図丸木美術館での、

富山妙子展から帰ってきました。　題名「となか」（渡中）は、海峡の辺り。

のたうつ白馬——回文詩3

震源は
震源は
のたうつ白馬

爆破のあとの
あしたは来るか?
ついに爆発

しか(=確)と

かだましく　神か
神隠し　まだかと

過失？
白馬にいつ？
軽く果たし
あ（＝足）のと（＝音）　あの白馬

爆発　うたの
反原子
半減し

冷却の音——回文詩4

爆発、うたの発生か、
嘘か、
ばれにばれ、
水素よ、
冷却の音。
反原子は、
火力よりかは、震源は、
遠のく、焼き入れ、
よそ（＝装）いすれば、

似れば仮装か、
異説は　のたうつ白馬。

この国家よ――回文詩5

暗い来歴に
かなしいよ
人災よ
この国家よ
炉の震源は
遠のくより
箴言せよ
字はまだ
スクラム（＝緊急停止）

停止や
試問、模擬、意図
いしだたみが快楽

規制の虜（＝Regulatory　Capture）
ほとんど愚昧
電源、この
喪失し
うその根源で、いま
愚鈍と
誇りとの遺跡
暗い鏡

ただしい問い、疑問

もしや、しいて
村、薬玉は
除染
原子力の音
反原子の
炉よ
かつ、この
今宵、惨事よ
石中に
きれい、磊落

戦後の歴史

私たちは　皆、（とアーサーが言う。）
第五福竜丸に乗っている、と。

そこにある花の村が季節に美しく瓣をひらく。

標的の紫が隠される、普通の船の普通の声がする。
あじさいと言いましたね、咲いていたのは。
宗教学者が答える。　三月の季語と、
六月の季語とを向き合わせる。

光らせる俳人のおもて、一語の俳句で。
きみとともに生きる白いバリウム。　四千の霧をへだてて、
白い花園はのこっているか。

自然よ　つく（＝滅亡）すな。　定型詩の歌姫　かりそめに去りゆく。
古代の人の復活するその懐に永世の眠りを誘う詩人の習性、
としての命脈、さいごの祈り。

からく言語の語る時の間の安らぎに還る、
荒地のひとの普通の詩人。　荒地の墓の白いバライト。
氷島のひとの普通の詩人。　蒼い猫の首輪のチップ、江ノ島で。

歳月の暗部に火を添える蛍の木のあかるみ。

死について、と　わたつみ（＝海若）が言う。　亡霊たちよ、
声をしるべに追悼はつづく。　船底をささえよ。
ちから尽きるどこへ消える、神話のちからいま尽きる唱えごと消える。

普通の詩人が歩いてくる。　こちらへ跨ぎいれる言語を想う。
韻（ひび）きを歩幅へ渡すアレクサンドラン、韻詩。

巨大な知識人と舞踏のひとと神話のひとと幻影のひと。
白いバリウムをのこしてみんな去りゆく。

かれらの水を飲むぼくら、わたしたちが脚韻を放つ解纜のとき。
詩、叙事、言説の山の塊のくずれる戦後、
歌姫のうたの哀れのこちらがわで、一人一人を逝かせる国。

かくれんぼ　天人女房　地の声　地下の川、（水源は？）
水源にさわる天人の袖　遺影の暗さ　見えない胞子、（冷却せよ。）
すこし違うな、渓流に聴け、眠る箱から鳥が立つ。

書物から霧が湧く、鹿も　立ち去る。
鳴く日の隈のかみばか（＝神墓）の奥から消える。
芯柱傾く森のなか　何よりも明け方のいっせい（＝一声）とともに、
古曲は　どこに歌謡は　調べるわざうたの詞章は　どこに、（きっと、）
まだ来ない人　至らぬあいつ　しまつにおえないわたしのために。

標的の紫を隠すノートに映える空の暮れなずみ、（問うか、）
茜色のじんにく（＝人肉）をなぜ神は食う、日女（ひめ）をしたたらせて。
老人のふなだまは　還る。　浮上する声と声と、

いま朽ち果てる南冥を逃れて、
撃沈を恐れ、操舵長がひた向かう天上の港。

矢矧の市（いち）に歌垣が湧く。
のがれる、木曽川を渡る。　病院船は　五千万羽の鵜と鳥と共生する。
打ち上げられる難民の浜。　廃墟の立ち売り御苑、
五千万人が襲う、無人のコンビニ、ＡＴＭ。

二千年が経過する、眠る竜の船名を刻印する、
先住するひとびとの記録、どこに。　しゅんこつ丸の、
ゆくえもまた知らない。

倭人伝は草へ帰る——日本史

あかつきの物語が終って　倭人伝は草へ帰る
さびしさの　表情ゆたかに歴史の筐で息絶える古代史
さきをゆく水軍のあとの白波　偽造の集成される内海文書（ないかいもんじょ）
群書類従（るいじゅう）がびしょぬれで歴民博へたどりつく　ない城壁に
のろしの火を塗る　学芸員の手腕がもっとも問われるところ
調べがついたら　吟遊の人々よ　館長室で酒を飲め　近代史の
背後に延びるかげの植民地を史料から史料へ移せ
国冬さんと呼ぶ声がする　十三世紀ぐらいのひとで（津守氏）
住吉の神がみなとを守る　あくとう（＝悪党）は濫妨をこととするか
お国が冬になるか　漢字で書かれる速報や

感じで十分に伝わる中世史になると　わたしはふぶいて
はたらいたり　吹きつけたり　「国家としての
別の空間」と古層は言う　市民運動の成熟を
そういう文学や文化からの踏み込みで　丸山真男ではないが
見えてくる地平がさらにあるのではないか！
歴史家はふたたびとって返せ　狼藉と朝鮮人少年と
少女像とのために　氷解する現代史　吉田茂政権からの六十年
占領態勢　ドッジラインからの脱却　わたしなりの
わたしたちなりの経過してきた時代から鑑みて
共感できる見解かなと思える一方で　戦後史よ
歴史はどんな時代にも生産されつづけたのであり
アートの試み映画演劇　小田さん（実）の「何でも見てやろう」
身を躍らせていた仮面よ　それらの
芸能史をどう評価してゆくか　歴史の最難関

オルタナティヴ

意味不明の突出した描写は
焼跡から　イエスから
無頼派、戯作の文体が
描かれている　なおそのうえで
兵隊服の男が朝鮮人男性とは言えるかしら
と煩悶し　おいらはたしかに
内向きに収斂する

少年と女性と

火のついた衣類のように泣く読者
共感と冷暗と
玉髄が十二個　または十三個
あいつの標本箱へ
復員する読者の闇市の成長と理性と
で　おいらもやはり
読者なんだと思う　幼い

砂金のユダ（たしかにおいら）
あ　きらきらする結晶よ　さよなら
別れようとして
菱マンガン鉱の預言者や
黄銅のマリヤ像が
一九四〇年代の終り

きらきら劣化してたよ　マリヤ
標本箱のなかで

そのいっぽうで
国憲にしがみついて
そこにある原点
抵抗として　どこかで作働し
野坂や　大江さん
終戦を扱う　マンガ
若い世代が絶えず参照する
七十年間の　オルタナティヴ
雪のイヴと　焼跡のイエス

雪のまんなかで

ヴェロニックな顔が（あれ
ヴェロニカとは何か）と思いながら
黒いドロになる、と
それは作家　石川淳の表象だと
きのうのいちにち
反論しつづける娼婦のオルタナティヴ
せいぜい　一九六〇年代の
すれっ枯らしになり
無頼派になり　（イヴと呼んだ
かのじょの）胸のなかで
錆びついた石になる　おいら

（石川淳「焼跡のイエス」は、一九四六年。）

アメリカ

ホピの人々に会いにゆく、
でもかれらのテープには、
風だけがはいっていた。
ニューヨークの路上で、
すこし話しを交わして別れた。
ブラックマウンテンから、
アメリカ合衆国がウランを採掘して、
広島市・長崎市に投下された、
原子爆弾の原料にもなったと、

一説では言われている。
ホピの予言によると、
母なる大地の内臓を、
えぐってはいけないと言う。
地上の国を旅人がゆくと、
ニューオーリンズでは、
朝日の当たる家にむかう。
変わる、地上では変わる、
新年のあいさつ。
教会のしきたり、何でも。
黒人兵のバーから、
ベトナム兵の、
ひからびた指を米本土まで持ち帰ってどうする。
額（がく）にはいった十円札は、

「米国」と見えてしょうがない。
オキナワの旅も終りに近づく。
日本人をあいてにしなければならなくなって、
女性たちも、やくざも、
ここはベトナムだと言い張る。
指は抗議する、
戦争をゆびさして。
いつ帰れるのか、
カナダへ帰りたい、
ジャズにかき消される自由への道。
自由の捕虜、
携帯が呼び出す世界の果て、
葬儀の列席者から応答が一つ。
きみは耐えられない、

帰らないことの悲しみで、
満たされる果てだから、
その果てから呼び出されるならば、
どうする？
きみは行くか。
鉱物の放射能、
十年ごとに進化する核武装、
メリー・クリスマス。
剽窃する詩人を追って、
アメリカの南北が、
いまを分け合う。
旅をつづける鉄の壁は、
メキシコ北部、
ティファナ市の海から上陸して、

沙漠をめざす。
週末の四時間だけ、
柵越しの会話とキスそして怒り。
「アメリカ……」と壁がこたえている、
と、鮎川さん（信夫）はそう書いて、
一九四七年七月、純粋詩、
大学生、剽窃家（詩人）、
そして独身者らが、
それぞれを歩いて去ったと。
それから七十年の歳月を、
旅人はどこにただよい、
辿ったのだろう。
沙漠のニューメキシコ州では、
ヘリコプターが着地すると、

小田実（まこと）はグラウンド・ゼロの土に、
小便をする（ＨＩＲＯＳＨＩＭＡ）。
この小便をおぼえていてくれ。
ホワイト・サンドの硬い大地は、
水しぶきを顔にまで当てる。
掘って掘ってどうする土。
ソンミへ持ち出すと書いて、
沙漠が密林になるとき、
そら（＝空）は広場になる、
ということもあった。
ゆきむから月世界の、
ホワイト・ハウスの庭前で、
政権担当者がふたり、
ならんで献花している。

ドームに近づく……

（小田実『ＨＩＲＯＳＨＩＭＡ』は、一九八一年。）

＊（この世への施肥）

透明な　おめん

中也が登園すると、
いつもよりこわい顔をして、先生が
立っている。　あれ、どうして？
中也はね、透明になるおめんを、
忘れて帰ってきた、きのうのこと。

幼稚園では、そのあと、
たいへんだったんだって。　中也の
置いて帰ってきたおめんが、

泣いていた。　ひとばんじゅう、
つくえのした、抽斗（ひきだし）のなかで。
透明だから、見えないのさ、
だれにも。　中也にだけは、
見えたんだって。

中原中也のおかあさんが、たのみに
行ったのです。　「すこし　うちの子を
ひどくしてくだされ」、と。　それで、
幼稚園の先生が、こわい顔する日も
「あった」とか、中也は文語体で
書いている。　先生はきっと、その時、
透明なかめんをつけたのでしょう。
未刊詩篇の「泣くな心」のなかにあります。

世阿弥のころに、硝子とか、プラスティックとか、
透明な素材があったならば、と思います。
作ってみるとどうでしょう、透明なおめんを。
みんな、悲しい表情を隠しても、
その隠した表情が透き通るのか、
おめんが悲しいのか。

きみはだれか、仮面に呼びかける。

ひとりして

「美化されて
長き喪の列に訣別の
歌ひとりしてきかねばならぬ」（岸上大作）

忘れるな、すべての美化ははじき返されるしかないと
佐藤泰志は二十一歳の小説家志望だ、その時。
読書感想ノートのなかで。

泰志の閉じるノートの端で

少女の愛にも甦れることのできる
優しい魂だけが
ほんとうに革命を行い得るのだと。

樺美智子を
生きのこったにんげんの
身勝手な美化に置いてはならないと。

祈る姿を人に見せない
心遣いをたいせつに秘めて
歌人は逝ったと。

「巧妙に
仕組まれる場面おもわせて

一つの死のため首たれている」（同）

あなたはだれか、歌人たち、
そして泰志。　逝ったひとを呼ぶ現代詩があってもよかろう。

（『岸上大作全集』は、一九七〇年。佐藤泰志、小説家。）

紫の群生

紫式部さーん、
わたしはあんたに仕える約束を、
ときにほったらかして、
ちがう哲学、
ちがう物語で、
生のすきまをかさねる毎日だ。
結果は見てのとおり、
紫式部さーん、
あんたはわたしをゆるす、

何を書いてもよいと。
緑の石油や、
肥料の井戸で塗（まみ）れた夢、
そこからさきは、
紫の群生で、
行ってはならないと、
あんたはわたしを押し戻した。
わたしはゆるされて立ち尽くす、
黄の鉄鉱の粉末なんかもうつくしかった。

揺籃

（I）もし、ありく事あれば

もし、ありく事あれば、みづからあゆむ。謂ふ心は、両足を地面（ぢべた）に喰つ付けてゐて歌ふ詩といふ事である。くるしといへども、馬くら、牛車と、心をなやますにはしかず。実人生となんらの間隔なき心持をもつて歌ふ詩といふ事である。（長明さん、啄木さん）

（II）揺籃

揺籃はごんごん鳴つてゐる。数ならでしぶきがまひあがり、羽毛を掻きむしつたやうだ。難波のこともかひなきに、眠れるものの帰りを待つ音楽が、明るい時刻を知らせる。私は大声を出し訴へようとし、波はあとから消してしまふ。など身を尽くし思ひそめけむ、私は海へ捨てられた。（左川

ちか、明石の上）

（Ⅲ）山を出でて

謂はば芸術とは、山を出でて「樵夫（きこり）山を見ず」の、その樵夫にして、暗き道にぞ、而（しか）も山のことを語れば、たどりこし、何かと面白く語れることにて、いまひとたびの「あれが『山』（名辞）で、あの山はこの山よりどうだ」なぞいふことが、逢ふことにより、謂はば生活である。（和泉式部さん、中也さん）

（Ⅳ）詩を既定の

かういふ事は詩を既定の或る地位から引き下ろすことかも知れないが、身心のくるしみを知れれば、私からいへば我々の生活に有つても無くても何の増減もなかつた詩を、くるしむ時はやすめつ、まめなればつかふ、必要な物の一つにするゆゑんである。（啄木、そして長明）

（左川ちか詩集から「海の天使」を利用しています。）

閉館

あたりの書架がまぶしかったから、少年は、
中城ふみ子歌集を盗み出した。
乳房を喪失する少年の図書館。
ぼくらは自由の女神にさよならする。「ノミ、
すら、ダニ、さへ、ばかり、づつ、ながら」。
ああ、文法とも定型詩とも「さよなら」しよう。
黒雲が覆う自由の女神、
かえらないだろう、ふたたびは、
ぼくらの図書館に。　ノミ、

カエル、ヘビ、ダニが、
詩行から詩行へ跳躍する、
ぴょいぴょいのうた。
閉館の時刻。　光がとどかない館内に、
短詩をまた送って。

きみはどこにいるか、いま。

（中城ふみ子歌集『乳房喪失』は、一九五四。）

この世への施肥

「師父よ　もしもやそのことが
口耳の学をわずかに修め
鳥のごとくに軽跳な
わたくしに関することでありますならば」……（野の師父）
と、宮澤賢治はここまで書いて、
「軽跳」という語でよかったか、
誤字のような気がするし、と
でも軽跳でゆきましょうや　はは　と
ふりむいてわらう。　振り返りながら、

「そのこと」とはなんでしょう、賢治さん、
作物への影響　二千の施肥の設計、
そうね、施肥。　「風のことば」をのどにつぶやく。

どこへゆくの、賢治。

撒水（さんすい）象

タカハシ・カズーミによると、後世、邪命（じゃみょう）派の始祖と名づけられる、
その人に、八終局という思想があります。（『邪宗門』三）
最後の飲酒、最後の歌唱、最後の舞踏、最後の誘惑、最後の旋風と、
そこまではわかるんです。　最後の石弾戦もわかります。
最後の撒水象って、何だろうな。　象が鼻で水を撒いたのかもしれません。
カズーミ「最後の愛による最後の石弾戦は、石が華に変わるとき、
散り敷く華よ、きみに命じるだろう。　地底の神が三十三人を見捨てなかったように、
地上をも見捨てないならば、ちいさな　ちいさな愛の一つを見捨てずには、
そのちいさな　ちいさな命を二つ、三つと、餓死から救わないならば、

それが報道されずには、知らされぬままに終るならば、ここから消されるならば、天上は最後の撤水で世界を大きな水槽にし終えることだろう、と知れ」。

転轍——希望の終電

操車場を水田に、しないでくだ、さーい　田遊びを、中止し、まーす
水田をはがして一枚、掛け布団にし、まーす　仮眠してくだ、さーい、線路たち
せっかくの、信号機の根元で、陸稲をそだてないでくだ、さーい
転轍し、まーす
あぜはぶっこわ、してよいでーす　すさのーさん　うまをさかはぎにし、まーす
なわしろにまきちらした農薬のかわりに　馬からぶちのもようをはぎ取って
きれいに投げ入れてくだ、さーい　二枚の板をならべて、落書（らくしょ）に
排泄物を、書き入れてくだ、さーい　地平のむこうで
あぜのひっかき傷にとまる田の神様　どうかいなくなってくださいと

なんべんもお願いし、まーす　田遊びを中止し、まーす
ひとばしらが、なんにんもなんにんも、くさった地面のおくから立ち上がりませぬように
あぜをこわ、してみなくちまつりに祈りをささげ、まーす　さいごですから
おわりがけに、ひとばしらのあぶらをぬりこんで、しらかべにとがまの
かげをうつして、きょうのむらを一揆からまもり、まーす
きのうのたびびとは埋けてあり、まーす　陸稲は舗装道路のうえに蒔いてくだ、さーい
それでも、それでもあなたはいけにえがほしいですかあ　むすめさんのうでが地面のしたから
突き出され、突き出され、ごこうしゆいあみだ、ごこうしゆいあみだ、かくすための
かいづかの貝をいちまいいちまい　かぞえるご詠歌、でーす　お大師さまが戸板に乗せられ
しずかに生（しょう）をおえる日なのですね　善の研究がおわりしだい、水田のあとを
化石にし、まーす　側溝で老いびとが叫びながら倒れ、まーす　そのあとをゆく浄土の水が
融けてゆく仏像のどろ、でーす　希望の跡地に人糞（じんぷん）を蒔いて、もう日暮れ、でーす
あきずよ、いなごよ、ゆくえをもうさがさないでくだ、さーい　寝わらに点ける
ご神火を、あしたのあえのことに捧げ、まーす　ぬかがそらから降るのをゆるしてくだ、さーい

かくはんする棒で、かくはんすると、地上の塩が藍色の産廃にかわり、まーす
民謡の歌詞ををあたためて、きょうの田遊びは中止、でーす　どろで捏ねて
しょうそういんからひっぺがしてきた片戸びらに乗せて、お大師さまをながし、まーす
なむ、ごこうしゆいあみだを乗せて、こうやせんの終電に土車（つちぐるま）がつっこみ、まーす
なむ、希望の即身となりまして、千年の眠りにつき、まーす　千年を越えて
あなたの身もとに生まれ、まーす　自傷よ、あなたの自傷をやめないで後生
のんのさま、かんのんさま、鬼道のかわらけ、大軌のあやめ池、たらいにかげを映し、まーす
どこへゆけばよいのだろう　繰り返す転轍に、ゆくえを知らない終電は
あぜの消失点を走りつづけているみたいですね

悲し（律詩）

人のさがはここに行きつくのか、家族の心痛を知らず。
ことばよ、空しく駆け去って応えはどこにもない。
無惨な犯行の場に、いまきみを抱く涙　数行（すうこう）。
現代の暗部に遺されて、われらであることを遂げない。
十九人を喪うわれら、何を愛（かな）しと言おう。
はくらくてん（＝白楽天）よ、あなたにはもはやうたう理由がない。
心豊かでありたいのに、残忍な非行に向き合い、
地底に声を知るもののかず、ついになくなる　視界内。

（反辞）

われらとは、現代に律詩とは。

立ち向かうとは。

メモへメモから——友人たちへ

「小生のふるさと、心平さんのふるさと」

「詩人の仕事は何なのか」

深澤さんの引用を含み、

「書きかけの作品がとまってしまった」

「書くことが悪いことに思えてきたから」

「詩にならない詩」

「免罪符になど到底ならない」

そう書いて、
古典短歌を置く蛯原さん。　「魂や　草むらごとに
かよふらん　野辺のまにまに、

鳴く声ぞ　する」。　すると物語から、
立ち上がる兵部卿宮。　私の魂、
私の魂。　草むらがどんなに悲しい
物語に濡れても、と思いながら、
秋の虫たちは涸れて、編集後記のなかで、
鳴いています。　鈴虫……
すべてのページで鳴いています。
「四万五千人の人々が二時間のあいだに消えた
サッカーゲームが終って競技場から
立ち去ったのではない
人々の暮らしがひとつの都市からそっくり
消えたのだ」と書いたのは若松さんでした。
この詩のさいごに、
自分たちの街、原ノ町（南相馬市）が

「神隠し」に遭うのもまたきょうのことか、と。
浪江町の一基地建設が決定したとき、
それから三十年間、枡倉さんは、
反対者の共有地として登記することで
抵抗しぬいた、と。 何人、いったい何人の詩人が
反対しながら亡くなっていったか。 特集は、
「美しい自然と精神の継承を信じて」、と。
島尾さんに、埴谷さんに
霊前報告できる人はいなくて。
「ぼくの地方では
せんそうのような有様で
じつにしずかに放射能がはびこっている
そしてその放射能さえ上書き更新されて
いつも新しい」と高坂さん。

「新しいこと」は上書き更新されて、
書き込まれます。　「静かな夜です」と和合さん。
つばめたちには古巣が見つからず、かなへびは
石垣のおくからもう出てこない。　漂流する大地との別れ、
未来の水路はどこ、と内池さんは書きます。
メロスのように人を走らせる方法だってあったでしょう、
とみうらさん。
私は一匹の、と松棠さんが、小さな雪虫になって眠ります。
うましあしかびひこぢの神が、
ツイッターのなかから声になってやってくる。
「無味無臭無色で降ってくる怒り」、五十嵐さん。
五月のブルガリアでは、タクシーの運転手が、
降りようとしている私どもに小さな声で、
心配そうにひと言、「フ、ク、シ、マ」。

謝辞

あとがきに代えて謝辞をしたためます。

「作品」以前の失語で詩にもならなかった言葉の群れに対して、いつもあたたかく発表の場を提供してくれた、「水牛のように」サイト（月初発表）の各位に、まずもって謝意を。このたびの詩集はその落ち込みからの快復期の所産がなかば（十数篇）を占める。『現代詩手帖』『花椿』『ユリイカ』『文學界』『洪水』『イリプス』『井泉』には発表の機会をあたえていただいた。『詩の練習』（杉中昌樹さん）は四十年前の詩誌『白鯨』の特集をやるということで、清水昶の言葉を利用する作を書かせてもらい、あわせて拙い五七五（初めてである）を組み合わせる「冷暗室」を「水牛のように」と『現代詩手帖』とに発表する。清水さんは大震災後の壊滅するこの国をみとどけて死去する。いくつかある回文詩（まえから読んでも後ろから読んでも同文であるような詩）が放射能災を扱うのは不謹慎であるものの、やはり快復期の一環としてもの凄いエネルギーを使う作品群となった。あきれながら許容してくれた友人たちに感謝する。「のたうつ白馬」のなかの「かだましく」（原題）は偽りの心を持つというような古語。逆に読むと「爆発、うたの」。現代詩や創作の時間を支えてくれた立正大学や慶應義塾大学の学生諸君にも深く感謝したい。「となか」は〈渡中〉（海峡）で、海の黙示録を描き続ける富山妙子のイベントのために。「ひとのきえさり」は三輪眞弘のイベントのためのテクスト作り。複雑な三輪音楽にあわせるために何度か書き直したが、ついにどんな音楽の法則で書かれた作品か、よくわからないままながら感謝する。福島県内に住む詩人たち、被災地域で地域共生にとりくむすべての人々に敬愛の心を（謝辞をしたためるおもな理由です）。わが詩的快復期がどんなに励まされたか、私ばかりではなかった。叙述態研究会、3・11憲法研究会の励ましに対して深甚の謝意を表明する。詩集のあとがきでの謝意はめずらしいにしても、以上書いておかねばならない思いがした。「美しい小弓を持って」（『現代詩手帖』二〇〇八・七）を総タイトルとし、それと「撒水（さんすい）象」とが二〇一一・三以前で、最近作までの作を一連のものとするように構成してみた。

いま、手に取り読んでくださるみなさまに最大の謝辞を。

著者

二〇一七年三月二十五日

美《うつく》しい小弓《こゆみ》を持《も》って

著者
藤井貞和《ふじいさだかず》
発行者
小田久郎
発行所
株式会社 思潮社
〒一六二—〇八四二　東京都新宿区市谷砂土原町三—十五
電話〇三（三二六七）八一五三（営業）・八一四一（編集）
FAX〇三（三二六七）八一四二
印刷所
創栄図書印刷株式会社
製本所
小高製本工業株式会社
発行日
二〇一七年七月三十一日